JASMIN

LAURA

Les éditions de la courte échelle inc.

Jacques Savoie

Jacques Savoie est né en 1951, à Edmundston, au Nouveau-Brunswick. En 1972, il fonde avec des amis le groupe de musique traditionnelle Beausoleil Broussard qui connaît un succès immédiat. Depuis 1980, Jacques Savoie a écrit cinq romans, dont *Les portes tournantes*, porté à l'écran par le réalisateur Francis Mankiewicz, et, récemment, *Le cirque bleu*, publié à la courte échelle dans la collection pour adultes 16/96.

Depuis quelques années, Jacques Savoie travaille surtout comme scénariste. On lui doit, entre autres, les textes de la minisérie *Bombardier* pour laquelle il a obtenu un prix Gémeaux, en 1992.

Comme le capitaine Santerre, Jacques Savoie a beaucoup voyagé. Il adore découvrir de nouveaux univers. Et s'il aime écrire et raconter des histoires, c'est sûrement pour le plaisir de nous amener faire un voyage dans son petit monde inventé. *Une ville imaginaire* est le deuxième roman jeunesse qu'il publie à la courte échelle.

Geneviève Côté

Geneviève Côté a toujours dessiné! Déjà, à quatre ans, elle s'inventait des histoires... pour le simple plaisir de les illustrer. Décidant d'en faire son métier, elle a étudié le design graphique à l'Université Concordia, à Montréal.

Aujourd'hui, on peut voir ses illustrations dans plusieurs journaux et magazines, comme *La Presse*, *L'actualité* et *Châtelaine*. Depuis le début de sa carrière, elle a reçu plusieurs prix dont, en 1993, le Grand prix d'illustration de l'Association québécoise des éditeurs de magazines, ainsi que la médaille d'or du Studio Magazine. Quand elle ne dessine pas, Geneviève adore lire et se promener à vélo.

Une ville imaginaire est le deuxième roman qu'elle illustre à la courte échelle.

Du même auteur, à la courte échelle

Collection Roman Jeunesse
Toute la beauté du monde

Jacques Savoie

UNE VILLE IMAGINAIRE

Illustrations
de Geneviève Côté

la courte échelle

Les éditions de la courte échelle inc.

Les éditions de la courte échelle inc.
5243, boul. Saint-Laurent
Montréal (Québec) H2T 1S4

Conception graphique:
Derome design inc.

Révision des textes:
Lise Duquette

Dépôt légal, 1er trimestre 1996
Bibliothèque nationale du Québec

Données de catalogage avant publication (Canada)

Savoie, Jacques

    Une ville imaginaire

    (Roman Jeunesse; RJ57)

    ISBN 2-89021-254-8

    I. Côté, Geneviève. II. Titre. III. Collection.

PS8587.A388V54   1996   jC843'.54   C95-941100-3
PS9587.A388V54   1996
PZ23.S28Vi   1996

À Pascale

Chapitre I
Le calme plat

Après l'école, c'est toujours moi qui garde Charlie et Adèle... jusqu'à ce que Jean-Philippe et Dominique rentrent du travail. Habituellement, tout se passe bien. Mais ce jour-là, j'avais à peine mis le pied dans la maison que le téléphone sonnait:

— Caroline, c'est Jean-Philippe. Ça va bien avec Charlie?

— Oui, mon commandant, ai-je répondu. Le calme plat!

Il a l'habitude de s'énerver, Jean-Philippe. Je l'ai tout de suite rassuré. Depuis dix jours, ce petit diable de Charlie ne s'intéresse plus qu'à de vieux plans de villes dénichés au grenier. Il est sage comme un parc la nuit.

Adèle est alors entrée en scène:

— Caroline, Caroline! Il faut faire quelque chose pour ma poupée Maryse!

Au téléphone, Jean-Philippe continuait de parler, pendant que la petite tirait sur ma robe.

— Caroline, Caroline, c'est très urgent!

Il faut dire que Charlie est le grand sujet de conversation chez nous. Il fait sans cesse des bêtises et il est tout le temps dans le pétrin! À la maison, il est au centre de tout.

— Depuis l'incident de l'usine d'épuration d'eau, ai-je rappelé à Jean-Philippe, on n'a vraiment rien à lui reprocher. Il ne sort plus de sa chambre. Il est sage comme une image!

— Caroline, Caroline, répétait Adèle. Regarde, elle est presque morte!

Sans laisser le téléphone, j'ai pris ce qu'il restait de la pauvre Maryse. Les dégâts étaient importants. La poupée avait la moitié du dos décousue.

— Adèle, je crois que ta poupée est fichue. J'en parlerai à Dominique, ce soir. Elle t'en achètera sûrement une autre.

— Non, c'est Maryse que j'aime, moi. Il faut la réparer. Maintenant!

À l'autre bout du fil, Jean-Philippe ne démordait pas:

— Le volcan peut se réveiller à tout instant, me disait-il. Il vaut mieux rester sur ses gardes.

Je ne savais plus où donner de la tête. Je passais du téléphone à Adèle, dans un aller-retour étourdissant.

— Caroline, Caroline... Il faut faire qu...
que chose tout de suite!

— Écoute, Jean-Philippe. Je ne quitte
pas Charlie d'une semelle. Je l'ai à l'oeil!

Voyant qu'elle ne gagnerait pas, Adèle
reprit sa poupée à moitié déchirée et s'éloigna. La compétition était trop forte. Lorsqu'il était question de Charlie, plus rien ne
comptait dans la maison.

Depuis «l'affaire» de l'usine d'épuration
d'eau, tout le monde est un peu sur les dents

nous. On voudrait bien oublier cette ~~stoire~~, mais on en parle sans arrêt. À l'occasion d'une sortie d'école, une visite de l'usine, Charlie s'est égaré dans les tunnels souterrains. Il y a eu une alerte générale. Même les pompiers sont intervenus. Une opération spectaculaire!

Finalement, c'est le capitaine Santerre, le vieux gardien de l'usine, qui l'a retrouvé. Une heureuse rencontre, d'ailleurs. Ce grand voyageur, qui est aussi horticulteur, est devenu un ami de la famille depuis.

Bref, Jean-Philippe a fini par raccrocher le téléphone, non sans me promettre qu'il serait à la maison avant dix-sept heures. Je suis vite allée jeter un coup d'oeil du côté de la cuisine. Adèle jouait avec sa poupée dans un coin. L'urgence semblait passée. Maryse survivrait.

Alors, je suis allée voir du côté de la chambre de Charlie. Là aussi, tout était calme. Il faisait de l'observation. C'est son nouveau passe-temps. Il scrute méticuleusement les rues sur les plans de villes. Je crois qu'il apprend les noms par coeur. Eh oui! Pour ne pas avoir à lire les écriteaux!

Il va bientôt avoir dix ans, mon demi-frère. Et il prétend ne pas savoir lire. Son en-

têtement lui a d'ailleurs valu de se perc
dans les tunnels souterrains de l'usine.

Parfois, je me demande pourquoi il joue
à ce petit jeu. Sa mère est bibliothécaire et
son grand-père était libraire. Il y a peut-être
un rapport? Mais je crois plutôt qu'il veut
se démarquer. Chaque fois que je lui demande pourquoi il fait cela, il me répond:

— Je suis moderne, moi!

Madame Blanche, son professeur de cin-
quième année, jure que ça lui passera.

— Il a beaucoup d'imagination, assure-
t-elle. Il a toujours des projets. Croyez-en
mon expérience, un bon jour, il va nous surprendre.

Toujours est-il que, maintenant, Charlie
ne vit que pour ses plans de villes. Il connaît déjà Montréal par coeur. Il se dé-
brouille aussi bien à New York qu'à Los
Angeles.

Aujourd'hui par exemple, Chicago est
étendu sur le plancher de sa chambre. Il a
ajouté quelques couleurs. Il a identifié les
grandes artères, les espaces verts et les
édifices les plus élevés. C'est très joli, vu
d'en haut. On dirait un jardin fleuri.

— Quand j'aurai terminé, m'a-t-il an-
noncé en continuant de colorier, Chicago,

ce sera comme chez moi!

— Mais pourquoi voudrais-tu être ch... toi à Chicago?

Charlie a haussé les épaules, l'air de dire: «Mais sors du Moyen Âge, ma pauvre fille.» Puis il a continué son petit travail comme si de rien n'était.

Bonne réponse, tout compte fait. *Primo*: parce que s'il avait répondu autrement, il aurait probablement menti. *Secundo*: parce que pendant qu'il arpente les rues de ses villes avec ses crayons de couleur, il ne fait pas de bêtises.

— C'est quoi, ces petits carreaux que tu dessines? a demandé Adèle en entrant dans la chambre.

La petite serrait sa poupée décousue dans ses bras et regardait le plan de ville comme si elle avait le vertige.

— Une image... prise à vol d'oiseau, a répondu Charlie. Comme si on passait au-dessus de Chicago en avion.

— ... à vol d'oiseau, a répété Adèle.

Quelque chose l'intriguait dans ces mots. Elle s'est penchée au-dessus de Charlie pour voir de plus près.

— Moi aussi, j'aimerais faire du vol d'oiseau, déclara-t-elle.

...lle est mignonne, Adèle. Elle a des lu-
...es quelquefois, comme vouloir voler ou se
...ransformer en chat. C'est normal dans son
cas. Alors on ne s'en est pas occupés. De
toute façon, ça bouillonnait dans la tête de
Charlie! Il avait le regard brillant:

— Tu sais ce que j'aimerais, moi? Je
voudrais avoir les plans de toutes les villes
du monde. Je les découperais par quartiers,
je les mélangerais et j'en ferais une seule
ville! Une ville immense!

Sous nos yeux, son montage prenait
forme. Un morceau de la carte repliée de
Montréal accolé à un quartier de New York,
le tout avec Chicago en arrière-plan. Adèle
n'y comprenait rien et elle s'éloigna en continuant de serrer sa poupée contre elle.

— Veux-tu une collation? lui ai-je demandé.

Le sourire espiègle, elle s'est arrêtée
avant de sortir.

— Non. J'ai quelque chose d'important
à faire.

Chapitre II
... À vol d'oiseau

Adèle bricolait dans la cuisine. Elle avait sorti des ciseaux, de la colle, tout un bric-à-brac. On ne l'entendait plus, alors je me suis dit que c'était le moment ou jamais de parler d'Inter-Réseau!

— Tu sais, Charlie, dans mon cours d'informatique à l'école, on s'est branchés sur une grande banque de données. Ça s'appelle Inter-Réseau et c'est passionnant!

Il coloriait les quartiers de Chicago et n'écoutait que d'une oreille.

— À quoi ça sert, ton Inter machin? Est-ce qu'il y a des villes au moins là-dedans?

— Sûrement! Et des tas d'autres choses aussi. Inter-Réseau, c'est un véritable trésor. Il suffit d'avoir un ordinateur et un modem.

Charlie était assis en indien maintenant. Il me questionnait du regard.

— Tu ne me crois pas? Eh bien, on y trouve probablement toutes les villes du monde.

Je venais de marquer un point. Il a posé ses crayons de couleur et je lui ai raconté le voyage que j'avais fait avec les copains de ma classe. Une expédition à la bibliothèque du Congrès de Washington... sans jamais quitter l'école!

— Et ce qui est formidable, c'est qu'on peut faire exactement la même chose ici, avec l'ordinateur de Jean-Philippe! Lui aussi est branché sur Inter-Réseau. Il me l'a dit l'autre jour.

— Tu crois vraiment qu'ils ont des plans de villes? a insisté Charlie.

— On pourrait aller voir!

Charlie était très excité. Il voulait tout de suite aller dans le bureau de Jean-Philippe pour faire des essais. J'avais beau lui dire qu'il nous fallait un code d'accès, une sorte de numéro de membre... il ne voulait rien entendre.

— Allons-y quand même!

Tout à coup, un bruit sourd a retenti dans le jardin. Un bruit de chute suivi des pleurs d'un enfant.

— Adèle! ai-je lancé.

Je me suis précipitée dans la cuisine, mais elle n'était plus là. Il y avait des plumes et des bouts de carton sur la table. Les restes

d'un bricolage...

J'ai couru au jardin. Il m'a fallu un certain temps pour la trouver. Elle était tombée, tête première, dans le bosquet derrière le garage. Elle pleurait à chaudes larmes.

— Pourquoi ça n'a pas marché? gémissait Adèle. Pourquoi ça n'a pas marché... à vol d'oiseau?

Charlie est sorti lui aussi. Il semblait plus intéressé par la poupée Maryse, qui était tombée du côté de la table de pique-nique, que par sa sœur Adèle.

— Viens vite. Elle s'est fait mal! Il faut appeler une ambulance.

Charlie s'est approché, la poupée dans la main. Pendant que je courais vers le téléphone, je l'ai vu la retourner dans tous les sens. Adèle y avait fixé des ailes dans le

dos... probablement pour cacher sa vilaine blessure.

Voilà ce qui s'est passé, ce jour-là. Un accident que personne ne pouvait prévoir. L'ambulance est arrivée en catastrophe. Avec toutes les précautions du monde, l'infirmier a allongé Adèle sur une civière. On est montés dans l'ambulance, Charlie et moi. Adèle avait fait une vilaine chute!

Chapitre III
La luxation d'Adèle

D'habitude, c'est moi qui fais les bêtises. «Charlie par-ci, Charlie par-là!» On a toujours quelque chose à me reprocher. Mais cette fois, je n'y suis pour rien. Si Adèle s'est mise dans la tête de voler, tant pis pour elle, après tout.

À l'hôpital, Jean-Philippe m'a posé toutes sortes de questions:

— Alors c'est quoi, cette histoire de vol d'oiseau? Je n'ai pas très bien compris!

Caroline est aussitôt venue à ma défense:

— On examinait des plans de villes dans la chambre de Charlie. On lui a montré des images prises à vol d'oiseau. On ne pouvait pas imaginer qu'elle ferait une chose pareille!

Au début, j'étais persuadé qu'Adèle jouait la comédie. Jusqu'à l'hôpital, elle a pleuré. Et même longtemps après.

Le médecin qui l'a examinée a promis qu'elle s'en tirerait malgré tout. Elle aurait

pu se blesser sérieusement. Il a quand même diagnostiqué une luxation de la hanche! Une luxation légère... mais qui obligerait tout de même à l'immobilisation.

— À l'aide d'un petit harnais que l'on fixe autour des hanches... tout simplement.

Dominique était catastrophée! Sa petite fille, ficelée comme un saucisson. Jean-Philippe, lui, se creusait la tête! Que pouvait-il bien être arrivé? La cadette, si sage d'habitude. Qui ne faisait jamais un pas hors des sentiers battus.

— Ce ne sera pas long. Cinq ou six jours, répétait le médecin.

Il faisait semblant de parler à Adèle, mais en fait, il s'adressait à sa mère.

— Vous allez voir. Les enfants s'adaptent très vite.

Quand on a ramené la petite à la maison ce soir-là, Jean-Philippe l'a déposée dans son lit comme si c'était un pot de fleurs!

Son truc s'appelle le harnais de Pavlic. Elle a tout le bas du corps immobilisé. Et le pire, c'est qu'elle aime ça. Tout le monde lui tourne autour. On n'a d'attention que pour elle. Et comme si ce n'était pas assez, elle lance sans arrêt:

— Dès que le docteur me détachera, je

vais recommencer! Je suis sûre, moi, que je peux voler comme un oiseau!

Jean-Philippe et Dominique sont terrorisés. Depuis des jours, ils travaillaient comme des fous à une campagne publicitaire pour une agence de voyages. Avec la chute d'Adèle, tout s'est arrêté. Ils ont reporté le projet d'une semaine.

***

Je ne suis pas certain qu'Adèle ait voulu s'envoler. Je crois plutôt que Maryse, sa poupée, devait être la pilote d'essai. Mais elle a dû perdre pied en montant dans l'échelle. C'est ce qui s'est passé, je crois!

Maintenant, il suffit qu'elle dise: «Moi, j'aimerais bien voler comme un oiseau» pour que Jean-Philippe et Dominique soient à ses pieds. Ils prennent cette affaire très au sérieux. En deux jours, des tas de livres sur la psychologie de l'enfance et l'analyse des rêves ont défilé dans la maison.

En plus, ils m'ont demandé de ranger mes cartes, mes plans de villes et tout ce qui peut évoquer les mots «à vol d'oiseau».

Cela n'a pas empêché Caroline de revenir à la charge avec son Inter-Réseau. Elle

adore les ordinateurs, ma soeur.

Comme Jean-Philippe et Dominique passent le plus clair de leur temps au chevet d'Adèle, c'était le moment ou jamais d'aller à la bibliothèque du Congrès.

Les talents en «haute technologie» de Caroline m'impressionnent toujours. Elle joue du clavier comme d'autres font de la cuisine. En plus, elle avait déniché le code d'accès à Inter-Réseau de Jean-Philippe:

— Mais comment as-tu fait? lui ai-je demandé.

Elle est restée dans le vague.

— Il laisse toujours traîner ses affaires, tu sais.

En fait, elle ne voulait pas que je connaisse le code. Elle l'a tapé en vitesse, l'écran s'est animé et, l'instant d'après, on était aux portes de cette bibliothèque immense: la plus grosse bibliothèque du monde. Pas mal pour quelqu'un qui ne veut pas savoir lire!

Chapitre IV
Des images infographiques

Rien ne va jamais assez vite pour Charlie. On découvre quelque chose d'intéressant... comme Inter-Réseau par exemple:

— Fantastique, Caroline! s'écrie-t-il. Tu es la reine de l'informatique. Imprime-moi des plans de villes, d'accord? De toutes les villes... et tout de suite!

J'irais à la vitesse de la lumière que ça ne serait pas encore assez. Heureusement, j'avais bien retenu ce qu'on m'avait appris en classe. Il a suffi de consulter le grand répertoire et de dénicher le fichier contenant les cartes et plans de villes. En trois commandes, on s'est retrouvés devant un choix impressionnant.

Au bout des doigts, j'avais New York, Chicago, Los Angeles, San Francisco, Oakland... La liste était sans fin, et encore, je ne parle que des villes américaines.

— Je les veux toutes. Et si tu pouvais me les imprimer par quartiers, ce serait génial.

omme ça, on pourra les mélanger.

— Pas si vite, lui ai-je répété. Je ne sais pas vraiment comment tout ça marche.

En jouant encore du clavier, j'ai découvert tout ce qui s'offrait à nous. Pour chacune des villes, on pouvait commander des plans conventionnels ou des images infographiques; c'est-à-dire des photos prises à vol d'oiseau, mais retouchées à l'ordinateur! Un véritable trésor qui se cachait dans ce coin discret de la bibliothèque.

Et Charlie qui trépignait toujours:

— Allez, Caroline! Imprime, imprime!

Facile à dire. Pendant une demi-heure, on a fait des tests, sans y arriver. Mon demi-frère menait un boucan terrible autour de moi, soi-disant pour m'encourager!

J'ai fini par gagner la partie de bras de fer. À force de ruse, j'ai ramené Chicago à la maison. Une superbe reproduction avec impression en relief est sortie de l'imprimante, comme si elle s'y cachait depuis toujours. Après, on s'est payé Los Angeles, Oakland, Miami, la Nouvelle-Orléans et quelques quartiers de New York.

Mais au bout d'une heure, il ne restait plus d'encre dans l'imprimante. Pas la peine de rester à la bibliothèque du Congrès si on ne pouvait imprimer ce qu'on ramenait. Alors on est repartis sur la pointe des pieds. Charlie était aux anges! L'aventure lui avait rapporté au moins vingt plans de villes.

Moi, je pensais à la cartouche d'encre de l'imprimante. Il faudrait vite prévenir Jean-Philippe.

— Caro, tu es super! Miss Inter-Réseau... voilà comment je vais t'appeler. Miss Inter-Réseau. Regarde-moi ces images! Fantastique!

Chicago était d'un réalisme étonnant. On avait l'impression de voir marcher les gens dans la rue. Un peu plus et on se laissait tomber dans l'image.

— Si Adèle voit ça, elle se jettera sûrement du haut d'un gratte-ciel! ai-je fait remarquer.

Charlie était tellement obnubilé par ses cartes qu'il ne m'a pas entendue.

Chapitre V
... Pendant ce temps, chez le capitaine

Le soir de l'accident, Jean-Philippe s'est rendu chez le capitaine Santerre, le gardien de l'usine d'épuration d'eau. Il habite une petite maison au bord du lac artificiel, non loin de l'usine. Jean-Philippe aime bien lui rendre visite. Il apprécie particulièrement sa sagesse et son sens de l'humour.

— Votre fille veut voler? s'est exclamé le capitaine. Très embêtant... Pourquoi voudrait-elle faire une chose pareille?

Le capitaine attendait une réponse qui ne venait pas. Jean-Philippe s'est contenté de hausser les épaules. Le vieil homme était inquiet, de toute évidence. Il la trouvait mignonne, la petite, et n'aimait pas voir son père dans un état pareil.

— Aujourd'hui, elle s'est blessée en sautant du garage, s'est plaint Jean-Philippe.

— Est-ce que vous en avez parlé avec elle?

— Pour lui dire quoi?

Au lieu de répondre, le capitaine Santerre a entraîné son invité vers les tunnels de l'usine.

— Venez avec moi. Je vais vous montrer mes Éphémères éternelles. Ça vous changera les idées!

Ils ont descendu l'escalier au bout du lac et se sont arrêtés devant une porte rouge. Sur un écriteau, on pouvait lire: «Entrée interdite». Jean-Philippe n'était pas venu pour voir les fleurs, mais le capitaine insistait:

— Il y a du nouveau. Je veux absolument vous montrer cela.

Il ouvrit la porte rouge, fit quelques pas à l'intérieur et s'arrêta net. Derrière lui, Jean-Philippe avançait à tâtons. Très vite, il s'est rendu compte que les fleurs étaient là, tout autour, sur le plancher. Le sas en était plein.

— Le problème avec mes Éphémères éternelles, soupira le capitaine, c'est qu'elles ne supportent pas la civilisation. Elles ne se sentent bien qu'au fond des égouts!

Jean-Philippe s'efforçait de ne pas rire. Le doigt en l'air, le capitaine appuyait sur chacune de ses phrases.

— Je voulais recouvrir tous les dépotoirs du monde avec mes fleurs. Mais là, ça ne va plus. Si on ne peut pas les sortir d'ici, ça ne fait pas la rime!

Jean-Philippe était toujours émerveillé par les Éphémères éternelles. Pourtant, cette fois, il avait du mal à s'y laisser prendre complètement. Adèle était partout dans son esprit... mais le vieil homme poursuivait.

— Au fond du tunnel, elles sont parfaites! Elles poussent comme de la mauvaise herbe. Mais dehors, au grand jour, elles meurent tout de suite. Alors, que dois-je faire? Les mettre dans le sas pour qu'elles s'habituent petit à petit?

Fallait-il prendre cet homme au sérieux? Jean-Philippe réprimait un énorme fou rire.

— À mon avis, la transition sera moins brutale si elles séjournent ici.

À bien y regarder toutefois, le capitaine riait aussi de lui-même, comme pour distraire Jean-Philippe de son inquiétude. Puis brusquement, il proposa:

— Si vous avez si peur pour Adèle, pourquoi ne pas lui raconter l'histoire d'Icare?

Jean-Philippe ne trouva rien à répondre. Le souvenir qu'il avait de la mythologie grecque était si vague.

— Je ne suis pas certain qu'elle comprenne. Elle est toute petite, vous savez.

— On n'est jamais trop petit pour ça. L'aventure d'Icare et de son père Dédale touche tout le monde.

Le capitaine Santerre retrouvait tout à coup son assurance de vieux loup de mer. Il avait beaucoup voyagé et, à l'entendre, on avait l'impression qu'il connaissait personnellement les dieux grecs.

Pendant une demi-heure, le vieil homme raconta une histoire fabuleuse, au milieu des Éphémères éternelles, sous la voûte du sas. Il faisait de grands gestes et on pouvait voir Icare, des plumes collées aux bras, voler dans le ciel de la voûte.

Le capitaine était fin conteur et Jean-Philippe resta suspendu à ses lèvres jusqu'à ce que le héros perde ses ailes et s'abîme dans la mer!

Chapitre VI
Plonger de plus haut

J'avais invité Caroline dans ma chambre. On regardait les images infographiques ramenées de la bibliothèque du Congrès et on faisait des plans.

— Si on y retourne, je veux ramener Montréal... et j'aimerais avoir Hong Kong aussi. Et Londres... et Paris.

— Charlie, il faut d'abord prévenir Jean-Philippe. Il n'y a plus d'encre dans son imprimante et on a utilisé son numéro de code d'Inter-Réseau sans sa permission.

Elle avait raison. Mais en ce moment, il était tellement difficile d'attirer l'attention de Jean-Philippe. Lui et Dominique se faisaient beaucoup de souci pour Adèle. Ils croyaient qu'elle allait s'envoler dès qu'on enlèverait son harnais de Pavlic.

La campagne publicitaire pour l'agence de voyages était au point mort, mais ils n'y pensaient même plus. La seule chose qui comptait, c'était de chasser ces drôles d'idées de la tête d'Adèle.

— Écoute, ai-je dit. Je veux des villes. Beaucoup de quartiers de villes!

— Mais tu ne trouves pas que tu en as assez?

— Pour faire une ville imaginaire, ai-je murmuré, il en faut énormément.

— Une ville imaginaire! a répété Caroline.

On en a discuté pendant un moment. Le projet lui plaisait beaucoup. On était complètement absorbés quand, tout à coup, on a entendu un bruit derrière nous.

La porte de la chambre était entrouverte et Adèle s'y était faufilée, toujours ligotée dans son harnais. Elle arrivait malgré tout à se traîner dans la maison. Jean-Philippe lisait un livre sérieux à son chevet. Complètement absorbé, il ne s'était rendu compte de rien. Elle avait traversé le corridor, nous avait surpris et s'apprêtait à plonger, tête première, dans le plan de Chicago.

— Où vas-tu comme ça, petite soeur?

Caroline s'est emparée des cartes infographiques. J'ai attrapé Adèle par les courroies de son harnais et, sans hésiter, je l'ai ramenée dans sa chambre.

— Pourquoi je ne peux pas voir les villes

à vol d'oiseau, moi aussi? a-t-elle demandé.

— Quelles villes?

Elle était furieuse! Elle gigotait comme un serpent à sonnette et Jean-Philippe a posé son livre en nous voyant entrer.

— De toute façon, j'ai compris comment

faire pour voler! a-t-elle crié.

Caroline nous avait rejoints. On était tous là autour du lit et personne n'osait croire à ce qu'Adèle venait de dire. Pour essayer de détendre l'atmosphère, Caro a pris le livre de Jean-Philippe, a regardé le titre et a demandé:

— Tiens, tu t'intéresses à la mythologie grecque, maintenant?

Tu parles si ça intéressait Adèle, la mythologie grecque. Elle s'est mise à crier encore plus fort:

— Ça n'a pas marché la dernière fois parce que le garage n'était pas assez haut. Pour voler, il faut sauter de plus haut encore! Du plus haut possible!

Chapitre VII
Icare

Ce soir-là, quand Jean-Philippe est revenu dans la chambre d'Adèle, il était fin prêt. L'aveu de la petite, l'après-midi même, précipitait en quelque sorte les choses. Il n'y avait plus un instant à perdre.

— Adèle, j'ai une histoire à te raconter.

Elle était de plus en plus à l'aise dans son harnais de Pavlic. Non seulement elle parvenait à se déplacer, mais son petit sourire espiègle ne la quittait plus. D'entrée de jeu, elle demanda:

— Est-ce que c'est une histoire d'avion? J'aime bien quand ça vole, moi.

Jean-Philippe comptait sur l'effet de surprise. Maladroit, il cherchait ses mots:

— Pas tout à fait d'avion, non! Ce serait plutôt grec. La mythologie grecque. Ça te dit quelque chose?

Adèle fit signe que non et continua de le dévisager de ses grands yeux. Jean-Philippe, intimidé, se mit à bafouiller:

— Il s'agit d'un roi. Le roi Minos. Il avait enfermé Dédale et son fils Icare dans une prison... sur une île. Un labyrinthe d'où personne n'avait réussi à s'échapper.

Jean-Philippe se faisait le plus convaincant possible, mais Adèle s'ennuyait.

— Ça va? Tu me suis? Tu comprends?

— Oui, oui. Le roi Minus a enfermé les deux autres... Icare et je ne sais plus trop qui.

— Minos, Adèle. Le roi Minos. Donc, pour s'évader, il fallait sauter dans la mer... ou encore s'envoler comme les oiseaux!

À ces mots, le regard d'Adèle s'illumina. Jean-Philippe marquait des points. Il continua avec un peu plus d'assurance:

— Dédale, le père d'Icare, était un artiste... un inventeur!

Il insista beaucoup sur ce mot. Il compara même Dédale à un magicien. Adèle semblait ravie.

— Déterminés à s'évader, le père et le fils se mirent donc à l'oeuvre. Secrètement, ils rassemblèrent des plumes et de la cire d'abeille. Patiemment, ils se fabriquèrent des ailes... comme celles des oiseaux. Un bon matin, ils montèrent sur le mur le plus haut de leur prison et se jetèrent dans le vide.

— La bonne idée! s'est écriée Adèle. Des plumes et de la cire!

Jean-Philippe jubilait. Cette histoire passionnait la petite Adèle. Il prit sa voix la plus grave et étendit les bras, comme pour mimer le récit:

— Une journée magnifique! Le soleil était splendide, il faisait chaud! Dédale planait au-dessus des vagues, alors que son fils volait beaucoup plus haut. L'île s'éloignait derrière eux et le père disait: «Ne monte pas trop haut, Icare. Ne t'approche pas du soleil!» Tellement heureux de quitter cette prison, le fils ne voulait rien entendre. En battant des bras, il continuait de s'élever.

Jean-Philippe passa alors une main dans les cheveux de la petite. Puis il ajouta:

— Tu sais, aller toujours plus haut, ça peut être dangereux parfois.

Elle n'en avait que faire de cette morale. Elle voulait connaître la suite et le pressait de continuer.

— Eh bien, le pauvre Icare s'est tellement approché du soleil que la cire de ses ailes a fondu. Les plumes se sont détachées et le pauvre est tombé à la mer. Dédale, le père, a pu se rendre jusqu'à la terre ferme en volant juste au-dessus des vagues. Mais plus jamais on n'entendit parler de son fils.

Adèle était perplexe. La fin de l'histoire ne lui plaisait pas. Et encore moins la leçon que Jean-Philippe s'apprêtait à en tirer:

— Tu comprends, ma petite Adèle, il vaut mieux rester les deux pieds sur terre. Comme ça, on ne risque pas de se casser la figure.

Quand il eut fini de parler, Adèle leva le doigt et précisa:

— Pas mal, l'idée des plumes! Là où ils se sont trompés, c'est avec la cire. Il faut prendre de la colle. De la supercolle. Ça existe, tu sais!

Chapitre VIII
Le jardin
d'acclimatation

Depuis que Jean-Philippe a raconté à Adèle l'histoire d'Icare, il y a un «interdit» sur les plumes et la colle dans la maison! Pire encore, le lendemain, mon père est entré dans ma chambre, tout énervé:

— Charlie, je vais te demander un peu de collaboration. J'aimerais que tu fasses disparaître tes plans de villes pendant quelque temps. Ça pourrait donner des idées à ta petite soeur.

Il est chouette, mon père. Surtout depuis que je ne suis plus le seul à faire des bêtises. Mais quelle terreur, cette Adèle dans son harnais de Pavlic. Elle se promène partout. La vie est devenue une partie de cache-cache. Il faut constamment déplacer les cartes pour qu'elle ne les voie pas. Je ne sais plus où donner de la tête.

— Téléphone au capitaine, m'a proposé Caroline. Il pourra peut-être nous aider.

Je lui ai passé un coup de fil. Il nous a

onné rendez-vous. Habituellement, il faut demander la permission pour se rendre à l'usine d'épuration d'eau, mais cette fois, on s'en est passés. Un cas d'urgence.

On est arrivés chez le capitaine chargés comme des bourriques, Caroline et moi. On avait tout emporté. Tous les bouts de villes qu'on avait imprimés depuis deux jours.

— Mais où avez-vous déniché ça? nous a-t-il demandé.

— À la bibliothèque du Congrès, à Washington aux États-Unis! lui a répondu fièrement Caroline.

Le capitaine croyait que c'était une blague. Caroline lui a expliqué le fonctionnement d'Inter-Réseau et le transfert d'information par modem. Il a fait semblant de comprendre, mais j'ai bien vu que c'était du chinois pour lui.

— Pas si compliqué, lui ai-je dit. C'est une banque de données. Dedans, il y a un grand répertoire et dans le répertoire, il y a des fichiers.

— Venez voir mes fleurs, nous a-t-il lancé. Je ne comprends rien à votre bibliothèque, mais je vous crois sur parole...

Il tenait les plans de villes comme s'il portait un trésor. De la main, il nous a fait signe de le suivre. On marchait le long du lac artificiel et je me suis dit que c'était bon moment pour lui parler de mon projet.

— Vous savez ce que je voudrais? J'aimerais coller ensemble des quartiers de toutes les villes. Les mélanger et en faire une seule et grande ville.

Le capitaine a souri comme si une idée lui venait. Caroline a tout de suite précisé:

— C'est très joli. On a fait des essais. On dirait une tapisserie. Mais Adèle nous cause des problèmes. Lorsqu'elle voit ces plans de villes, ça lui donne envie de voler.

— Ah! ça ne s'arrange pas, a murmuré le capitaine, l'air inquiet.

— C'est la maladie d'Icare, ai-je précisé sans trop savoir de quoi je parlais.

On a descendu les quelques marches menant à la porte rouge. Avant d'ouvrir, le capitaine a levé le doigt. J'ai senti qu'une surprise nous attendait de l'autre côté.

Et quelle surprise! Il y avait des fleurs partout. Des dizaines, des centaines, des milliers d'Éphémères éternelles. Plus la peine de descendre jusqu'au fond du tunnel. Elles étaient là, dans le sas.

— J'en ai fait un jardin d'acclimatation, nous a expliqué le vieil homme. Il faut que es habitue à la civilisation.

Sans plus, il a pris un des plans et l'a longuement regardé en le tenant à bout de bras.

— Je crois que ça ferait du bien à mes fleurs si elles voyaient toutes ces rues. Pour les habituer au monde extérieur, on ne pourrait pas trouver mieux.

Il n'a pas eu besoin de répéter. On a étalé tous les quartiers de villes sur le sol.

— Si vous le voulez, je vais les fixer au plafond au-dessus de mes fleurs. Ce sera magnifique.

Il a de ces idées quelquefois, le capitaine. Ça m'étonnerait que ces plans aient quelque influence sur les Éphémères éternelles, mais il semblait y croire.

Il avait déniché un escabeau dans un coin du sas. Il le déplaçait, montait et redescendait. Il tenait un bout de Chicago dans une main et un quartier d'Oakland dans l'autre. Il enjambait ses fleurs et cherchait l'endroit idéal pour chaque image infographique.

En une demi-heure, tous les imprimés avaient trouvé leur place sur la voûte du sas. L'effet était saisissant! Pourtant, il restait des trous. Pour couvrir complètement le plafond, il faudrait encore une bonne centaine de reproductions.

— J'aime bien ce projet de confondre tous les quartiers de toutes les villes. Un tapis de villes, voilà ce que ça donne! C'est formidable! Mais nous en aurons besoin de beaucoup plus.

— Ce qui est une excellente raison pour retourner à la bibliothèque du Congrès, ai-je dit.

— Pour cela, il faut d'abord parler à Jean-Philippe, a précisé Caroline. On devra lui raconter ce qu'on fabrique et surtout, trouver des cartouches d'encre pour l'imprimante.

— Pas de problème, lui ai-je répondu. Je m'en occupe.

Chapitre IX
L'imprimante
en couleurs

Le jeudi, Caroline a son cours de piano. Elle y passe quelques heures au moins, parce qu'elle s'entend bien avec son professeur. Par hasard, Jean-Philippe et Dominique étaient sortis avec Adèle. Je me suis donc précipité dans le bureau.

Heureusement qu'on avait mis mon père au courant. Il a eu le temps d'acheter de nouvelles cartouches d'encre pour l'imprimante.

À deux reprises, on a essayé de lui expliquer notre projet de ville, Caro et moi. Chaque fois, Adèle épiait et on a dû s'interrompre. En gros, il semblait comprendre, mais la petite le préoccupait tellement que la discussion a coupé court.

Je me suis donc installé sur la chaise pivotante devant l'écran. J'ai inscrit le code d'accès, comme Caroline m'a appris à le faire, et je suis entré sur Inter-Réseau, tout simplement, comme si je téléphonais à n copain François.

Il a tout un ordinateur, Jean-Philippe. Le genre qu'on utilise dans les agences de publicité. L'imprimante est surdimensionnée. On peut tirer des copies grand format. Ce n'était pas la peine de se priver et, sans perdre une minute, je me suis mis à l'oeuvre.

Une fois dans la bibliothèque du Congrès, j'ai retrouvé le fichier des cartes et plans de villes. J'allais y entrer quand un détail a attiré mon attention. On pouvait aussi faire défiler New York, Chicago et Los Angeles en trois dimensions! Quelle aubaine! J'ai tout de suite choisi l'option «grand format». Ce serait génial!

Ça me fait bien rire, tous ces gens qui pensent que je ne sais pas lire. Et madame Blanche qui répète sans cesse: «Ça va débloquer... Vous allez voir, ça va débloquer.» C'est le déguisement idéal, ne pas savoir lire. Personne ne songerait à me chercher dans la plus grande bibliothèque du monde.

Au bout de quinze minutes, j'avais emmagasiné une dizaine de plans de villes dans l'ordinateur. Je les choisissais au hasard dans le répertoire international. Stockholm, Moscou, Berlin, Rome, Madrid, Bucarest. Des noms que j'avais entendus à la télévision Saïgon, Beijing, Hong Kong.

Je les voulais toutes! Les images défilaient de plus en plus vite. Elles entraient sur le disque dur à la queue leu leu. Il suffisait de choisir une capitale à l'aide du curseur, de préciser quelle sorte de carte je voulais et le tour était joué.

J'étais plutôt content de ce voyage. Je n'avais encore rien imprimé, mais je gardais cela pour la fin. Toutefois, rendu à la soixantième ville, l'ordinateur s'est énervé! Un message est apparu à l'écran:

«LE DISQUE DUR EST PLEIN.»

Ça ne nous était jamais arrivé, avec Caroline. J'ai appuyé sur une touche au hasard. Puis, une question encore plus intimidante:

«VOULEZ-VOUS EFFACER DES FICHIERS?»

J'ai répondu oui!

L'appareil a émis des bruits, des petits voyants se sont allumés et je me suis dit que ce n'était pas la peine d'insister. Il valait mieux quitter la bibliothèque du Congrès et rentrer à la maison.

Mais encore fallait-il imprimer tout cela! La moitié du monde était là, sous mes yeux, mais j'ai commencé par Montréal. Une très belle image d'ailleurs que j'ai étalée sur le

plancher. Les autres villes sortaient dou-
ment de l'imprimante et j'examinais
mienne, celle que j'habitais.

L'option trois dimensions ne donnait
pas tout à fait ce que j'avais imaginé. Il
s'agissait plutôt d'une carte avec gradation
de couleurs. Les points les plus élevés
étaient en teintes pastel... Plus on se rap-
prochait du niveau de la mer, plus ça deve-
nait foncé.

Le genre de truc qu'Adèle aurait aimé.
Un seul coup d'oeil suffisait pour déter-
miner le point le plus élevé de Montréal.
Quel drame si elle mettait la main sur cette
carte!

Chapitre X
Un matin
comme les autres

Le calme règne, ce matin, dans la maison. Charlie s'est levé très tôt. Il est enfermé dans sa chambre et regarde ses villes. Adèle est plantée au milieu de son lit et rêve de s'envoler. Son séjour dans le harnais de Pavlic n'a pas eu raison d'elle, loin de là. Avant de s'endormir hier, elle m'a encore dit:

— Caroline, savais-tu que le mont Royal est le point le plus élevé de Montréal?

— Qui t'a dit cela? lui ai-je demandé d'un air désintéressé.

— Je le sais! Les oiseaux partent de là quand ils s'envolent vers le Sud.

L'oeil espiègle, elle attendait ma réaction, mais j'ai fait mine de rien. Depuis le début, je crois qu'elle joue à un jeu. Si on s'énerve, elle en rajoute. Si on reste calme, ses envies de voler lui passent.

Mais voilà, on lui enlève son harnais

aujourd'hui! Dominique et Jean-Philippe sont sur les dents. Et si elle donnait le grand coup? Si elle se prenait pour Icare et décidait de s'envoler vers le soleil?

Tout le monde la regardait du coin de l'oeil lorsque Jean-Philippe l'a transportée dans la cuisine au petit déjeuner. Elle était calme et Dominique a fait comme si c'était un matin ordinaire:

— Tu as écouté les messages sur le répondeur, Jean-Philippe?

— Quels messages? Je n'ai vu aucun message, moi.

— Oui, oui. J'ai vu le voyant clignoter.

Chez nous, les journées commencent souvent comme cela. Dès le réveil, on a

l'impression d'être en retard. D'avoir oublié quelque chose le jour précédent.

— Je vais aller voir, a lancé Jean-Philippe en déposant sa tasse.

Trente secondes plus tard, il était de retour et il trépignait.

— Le client de l'agence de voyages veut qu'on le rappelle. Il commence à s'impatienter, je crois.

— Il faut le rencontrer dès que possible. Le plus gros du travail est fait. Il ne nous manque que les photos.

— Demain peut-être. Vendredi.

— Bonne idée. Je prends rendez-vous.

— Je passerai au bureau chercher les disquettes et les esquisses du projet après la visite d'Adèle chez le médecin.

Au deuxième café, le travail et la vie courante ne faisaient déjà plus qu'un. Dominique résumait les grandes idées de cette campagne publicitaire, alors que Jean-Philippe fouillait dans son agenda.

— Il est à quelle heure, le rendez-vous chez le médecin?

Tout bougeait en même temps dans la cuisine et Adèle ne parvenait plus à placer un mot. On la croyait déjà guérie. Toute l'attention qu'elle avait eue ces derniers

...mps était chose du passé! Comble de maladresse, Jean-Philippe alla jusqu'à dire:

— Cette sale histoire se termine bien. On va t'enlever ce sacré harnais et la vie va reprendre.

Adèle était renfrognée et Dominique hochait la tête en consultant à son tour son agenda.

— Mais au fait, où est Charlie?

— Dans sa chambre, ai-je répondu. Je vais le chercher.

Ce n'était pas le moment d'aggraver les choses. Mais tel que je le connais, mon frère en profiterait sûrement pour faire une bêtise. J'ai couru vers sa chambre et je suis entrée en coup de vent.

— Allez, viens! On va être en retard à l'école!

— Quelqu'un a fouillé dans mes affaires. Il me manque une ville. Le plan de Montréal!

— On réglera ça ce soir, au retour de l'école.

— Non, je veux Montréal tout de suite! C'est ma plus belle carte!

Je me suis alors rendu compte du désastre. À mon insu, Charlie avait imprimé une soixantaine de plans de villes.

— Mais qu'est-ce que tu as fait? Tu a
dévalisé la bibliothèque du Congrès!

— C'est pour le capitaine Santerre...
pour tapisser le plafond au-dessus de ses
fleurs!

Dans la cour, les portières de la voiture
venaient de claquer. Jean-Philippe et Adèle
nous attendaient. Sur le pas de la porte,
Dominique ne tenait plus en place.

— On est en retard les enfants. Venez!

— Elle a pris mon plan de Montréal!
J'en suis sûr!

— Adèle?

— Bien entendu. C'est un plan avec gradation, à partir du niveau de la mer. On voit
tout de suite le point le plus élevé de la
ville.

Les pas de Dominique résonnaient dans
le corridor. Charlie a poussé sa «montagne»
de plans de villes sous le lit et on s'est
tournés vers la porte, comme si de rien
n'était.

— On va rater le rendez-vous d'Adèle,
a lancé Dominique en entrant.

Charlie a fait la moue et il est sorti de la
chambre en grognant:

— Adèle! Adèle! Il n'y en a que pour
Adèle, en ce moment!

***

Malgré l'énervement, tout s'est très bien passé chez le médecin. Adèle était calme. On lui a enlevé le harnais de Pavlic sans qu'elle dise un mot. Mieux encore, elle ne s'est pas envolée. Ses deux pieds sont restés bien plantés sur terre!

En revenant de la clinique, Jean-Philippe lui a acheté une glace. Du coup, Dominique a proposé de faire une promenade au parc. C'était très agréable. La petite retrouvait son agilité. Ce malencontreux accident n'avait laissé aucune séquelle.

Jean-Philippe devait passer au bureau avant la fin de la journée, mais il remettait ça d'heure en heure. Le soleil était chaud, Adèle avait son père et sa mère pour elle toute seule. L'après-midi s'écoula lentement sans que personne ne songe à y mettre un terme. Vers seize heures toutefois, Dominique se mit à s'agiter.

— Tu ne devais pas passer au bureau?

— Ah oui! les disquettes, s'est souvenu Jean-Philippe en se redressant sur le banc du parc.

Adèle retrouva son petit air espiègle. De toute évidence, elle avait prévu le coup.

Pendant que son père se levait et que sa mère rassemblait ses affaires, elle fit quelques pas sur le gazon.

— C'est le mont Royal qu'on voit là-bas?

Elle pointait la montagne, ce gros caillou qui domine la ville. Dominique s'empressa de la rejoindre.

— Ce n'est rien! Ce n'est rien! On rentre à la maison. Jean-Philippe doit passer au bureau.

— Charlie m'a dit que c'était le point le plus haut de la ville.

Jean-Philippe serra les dents. Dominique tournait autour de la petite comme une abeille autour de sa ruche. En quelques secondes, ils sortirent tous les trois du parc et regagnèrent la voiture.

Chapitre XI

Chicago, Oakland
et les autres...

J'étais perdu dans mes pensées. La soixantaine de villes que j'apportais au capitaine Santerre pesaient lourd. Il y avait le poids, bien sûr. Mais aussi les conséquences.

Il faudrait que je m'explique avec Jean-Philippe. Cette nouvelle série de villes avait avalé les deux cartouches d'encre qu'il venait d'acheter. Sans parler du disque dur qui était plein de je ne sais trop quoi...

— Charlie! Où vas-tu comme ça?

J'ai tout de suite reconnu la voix du capitaine. Le vieux loup était sur le bord du lac, tout près de l'escalier menant aux portes rouges. Il me faisait signe d'approcher.

— Ce sont les autres villes, lui ai-je dit en lui montrant mon trésor. Il devrait y en avoir assez pour couvrir le plafond du sas.

Quand je suis arrivé à sa hauteur, il m'a

salué et il a tout de suite pris un plan sur le dessus de la pile.

— Elles sont beaucoup plus grandes et beaucoup plus belles.

— J'avais une reproduction magnifique de Montréal aussi. Mais je l'ai perdue.

Le capitaine a fait semblant de ne pas entendre et m'a plutôt tendu la ville qu'il tenait dans ses mains. On y voyait un quartier de Venise. Les rues, qui sont des cours d'eau, étaient représentées par des traits bleuâtres.

— Elle est magnifique, celle-là. Mais dis-moi, ton père est-il au courant?

— Je lui en ai parlé... mais il est très occupé en ce moment. Ils ont détaché Adèle aujourd'hui.

Sans insister, il m'a libéré de la pile de villes et nous sommes descendus dans le sas.

Pendant une heure, on a rigolé comme des fous. D'une certaine manière, on faisait de la peinture. Les quartiers de villes étaient très différents les uns des autres... mais en les mélangeant tous, on créait petit à petit une ville imaginaire.

Le capitaine rêvait tout haut. Il était persuadé qu'en tapissant ainsi la voûte du sas,

ses fleurs apprendraient à côtoyer la civilisation. C'était très amusant. Tout à coup,
je me suis rendu compte de l'heure.

— Il faut que je parte, ai-je dit au capitaine... On va s'inquiéter à la maison.

Il m'a fait un signe de tête complice:

— Ça va! Je finirai tout seul.

Quelques minutes plus tard, je repassais la porte rouge pour remonter à la surface. Avant de m'élancer dans l'escalier, je me suis arrêté et j'ai regardé derrière. Quel personnage, ce capitaine Santerre! Il était grimpé sur son escabeau et collait des quartiers de villes comme s'il décorait un arbre de Noël.

Chapitre XII
Un arrêt
chez le capitaine

En fin de journée, Jean-Philippe était fourbu. Mine de rien, lui et Dominique n'avaient pas quitté Adèle d'un pas. Ils l'avaient entourée, ils l'avaient amusée et elle les avait fait courir. Si bien qu'une fois au bureau, il est resté quelques heures pour se reposer.

Enfin, pour discuter avec des collègues, faire quelques appels et rassurer le client de l'agence de voyages.

En rentrant à la maison, il est passé chez le capitaine Santerre. Comme d'habitude, le gardien était ravi de le voir. Tout de suite, il s'est informé d'Adèle.

— Eh bien, elle ne s'est pas envolée! En fait, elle en a à peine parlé.

Le capitaine était soulagé. Ils sont entrés dans la maison du vieil homme qui lui a offert un verre de vin blanc.

— Vous savez, les enfants ont de ces idées quelquefois. Voler... c'est curieux!

Mais si elle n'en parle plus, tant mieux!

— Enfin, presque!

Le capitaine s'est bien gardé de faire allusion au sas et à cette ville imaginaire qu'ils bricolaient, lui et Charlie. Ils ont plutôt fraternisé. Ils ont parlé des fleurs et Jean-Philippe a ouvert sa valise. À part les disquettes et les documents de la campagne publicitaire, il y avait des photos des Éphémères éternelles. Des tirages de grande qualité qu'il a étalés sur la table.

— Je vous ressers, monsieur Jean-Philippe? Un petit verre de blanc, ça n'a jamais tué un homme.

Il a refusé poliment. Mais ils ont quand même continué de rigoler. C'était si agréable d'être avec le capitaine. Tellement que ni l'un ni l'autre n'a vu le temps passer. Et c'est seulement vers minuit qu'un taxi a déposé Jean-Philippe devant la maison.

Chapitre XIII
Le mont Royal

Sans le vouloir, Charlie a sonné l'alarme ce matin-là. Le jour venait à peine de se lever quand il est entré dans ma chambre.

— Écoute, Caroline, je t'ai dit hier que j'avais perdu Montréal. Eh bien, je l'ai trouvé. Et tu sais où? Sur le lit d'Adèle.

Je me suis redressée, à moitié endormie.

— Et Adèle? Où est-elle?

En moins de deux, j'étais dans le corridor. Charlie courait derrière et on s'est cognés sur Jean-Philippe.

— Où allez-vous comme ça?

Question inutile! On s'est retrouvés tous les trois dans la chambre de la petite. Adèle avait disparu, mais la carte de Montréal était là, dans toute sa splendeur. Dominique nous a aussitôt rejoints, les larmes aux yeux.

Il n'y avait pas une minute à perdre et, pourtant, Jean-Philippe s'est mis à chercher sa mallette.

— J'ai tous les numéros de téléphone là-dedans, disait-il.

— Mais quels numéros de téléphone? a demandé Dominique. Ce n'est pas ta mallette qu'on a perdue, c'est Adèle.

— Il faut appeler la police!

— La police? Mais pourquoi la police? Adèle est sûrement dans le jardin ou quelque part dans le quartier!

— Non! Il faut prévenir la police! répétait Jean-Philippe. Hier, elle a parlé du mont Royal!

Ils étaient tellement énervés que j'ai dû intervenir. D'abord parce qu'on n'avait pas besoin du bottin de Jean-Philippe pour

rejoindre la police: il suffisait de faire le 911. Et ensuite parce qu'elle était bien capable, la petite Adèle, de se retrouver sur le mont Royal... prête à s'envoler.

Dix minutes plus tard, les gyrophares bleus et rouges d'une autopatrouille créaient tout un émoi dans le quartier en s'arrêtant devant notre maison. Les voisins sortaient un à un de chez eux.

— Nous avons toutes les raisons de croire qu'elle est sur le mont Royal, expliquait Jean-Philippe à un agent.

Dominique faisait des efforts pour rester calme, mais les mots déboulaient.

— Elle est fascinée par le mont Royal. C'est le point le plus haut de la ville. On a trouvé une carte sur son lit. Une carte où la montagne est clairement indiquée.

L'agent était plutôt sympathique. Il a pris quelques notes dans un calepin, est retourné à sa voiture pour signaler l'incident, puis il est revenu avec une proposition.

— Si vous croyez que nous pouvons la trouver là-haut, venez avec moi. Nous y allons tout de suite.

Il n'y avait pas un instant à perdre, et nous nous sommes précipités avec frénésie vers l'autopatrouille.

Jean-Philippe a pris place à l'avant et je suis montée derrière avec Dominique. Une fois les portières refermées, la voiture s'est éloignée dans un crissement de pneus. Deux rues plus loin toutefois, j'ai fait remarquer:

— On a laissé Charlie seul à la maison!

Chapitre XIV
Le bord du bout du monde

Quand le bruit de la sirène s'est éloigné et que le calme est revenu dans le quartier, il ne me restait plus qu'une chose à faire: aller voir du côté du garage. Je me suis dit:

— Mon Charlie, c'est toi qui vas sauver Adèle!

Ça n'a pas été très difficile, d'ailleurs. Il a suffi de grimper dans l'échelle. Adèle était à cheval sur le pignon du toit, complètement apeurée. Elle n'avait pas l'air de quelqu'un qui veut se jeter dans le vide. Elle pleurnichait comme un petit chat qui est monté dans un arbre et qui ne sait plus comment redescendre.

— Veux-tu que je t'aide? lui ai-je demandé.

Elle avait trop peur pour se retourner.

— Viens me chercher, Charlie!

Je me suis approché doucement et j'ai bien vu qu'elle n'allait pas s'envoler. En fait, elle pleurait parce qu'ils étaient tous

partis. Personne n'était venu voir du côté du garage.

— On va redescendre... tranquillement. Ça va bien se passer.

Elle était toute penaude, mais elle a quand même insisté pour me faire un aveu.

— Tu sais, la première fois non plus, je n'avais pas envie de voler. Je suis montée dans l'échelle pour lancer ma poupée... et je suis tombée.

Elle avait retrouvé son petit sourire espiègle. Et elle n'avait pas fini de vider son sac:

— À la maison, c'est Charlie par-ci, Charlie par-là. Les pompiers sont venus à cause de Charlie. Il faut toujours avoir Charlie à l'oeil. J'aimerais bien qu'on s'inquiète pour moi aussi.

Je ne savais plus quoi dire, mais elle continuait de parler, les larmes aux yeux.

— Après l'accident, j'ai compris. Je n'avais qu'à prononcer «à vol d'oiseau» pour qu'ils s'occupent de moi. C'était facile.

Elle était beaucoup plus futée qu'on ne le pensait, la petite. Et, à mon tour, j'ai décidé de la surprendre... mais de la surprendre comme il faut!

— Tu sais ce qu'on va faire? Je vais t'apprendre à voler!

Le vertige venait de la quitter. Adèle avait les yeux tout ronds, maintenant. Elle voulait tout de suite essayer!

— Il faut d'abord redescendre. Passe devant, je vais t'aider. Avant que la journée soit terminée, tu sauras voler!

Chapitre XV
Le baptême de l'air

Jusqu'à maintenant, il n'y avait que Charlie pour créer des paniques pareilles dans la famille. Mais Adèle vient de s'inscrire au tableau d'honneur avec brio.

Ce jour-là, en fin de matinée, il y avait deux inspecteurs de police, un psychologue et la moitié du voisinage dans la maison. Les fouilles sur le mont Royal n'avaient rien donné. Pire encore, au retour à la maison, Charlie manquait lui aussi à l'appel.

Mais cette comédie de quartier a cessé brusquement lorsque le téléphone a sonné.

— Bonjour Caroline, c'est le capitaine Santerre. Pourrais-tu dire à tes parents qu'Adèle et Charlie sont ici, chez moi.

Je me suis mise à bégayer. J'aurais voulu tout faire en même temps. Prévenir Jean-Philippe, demander des explications au capitaine et rassurer ma mère.

— Fausse alerte! ai-je lancé. Ils sont chez le capitaine!

Un silence de mort s'est abattu sur la maison. Ou un silence de gêne, plutôt. Se confondant en excuses, Jean-Philippe faisait des courbettes devant un des inspecteurs. Quant à Dominique, elle avait la main sur la bouche, comme si un mal de dents venait de la foudroyer.

Ils s'excusèrent en chœur et reconduisirent ces braves gens vers la sortie. Jean-Philippe était furieux, mais faisait des efforts pour le cacher.

— Qu'est-ce qu'ils font chez le capitaine? grogna-t-il en refermant la porte.

— On a juste le temps d'aller voir... avant notre rendez-vous à l'agence de voyages.

— Ah oui, le rendez-vous. Mais sans ma mallette, ce sera compliqué, non?

— J'y ai pensé, lui a dit Dominique. On a tout en double sur l'ordinateur, ici. J'ai fait des copies l'autre jour.

Un immense sourire est apparu sur le visage de Jean-Philippe. Sans perdre un instant, il s'est rué vers son bureau. Je croyais le pire de la tempête passé quand, tout à coup, il s'est mis à hurler à l'autre bout de la maison:

— Mais qui a joué avec mon ordinateur? On a tout effacé! Il n'y a plus que des plans de villes... et encore des plans de villes!

J'ai fermé les yeux. Catastrophe! Charlie avait encore fait une bêtise!

***

Lorsqu'on est arrivés à la maison du capitaine, Jean-Philippe et Dominique ne savaient plus à quel saint se vouer. Heureusement, le vieux loup nous attendait sur le pas de la porte:

— J'ai oublié de le dire tout à l'heure au téléphone... Votre mallette, vous l'avez oubliée ici hier soir.

Jean-Philippe a eu un petit rire gêné. Il l'a reprise discrètement et s'est tourné vers Dominique:

— Eh bien! Finalement, tout s'arrange!

Sa mauvaise humeur avait disparu. Ma mère a rigolé, puis le capitaine a claqué du talon.

— Si vous voulez bien me suivre, je vais vous montrer ce que font les enfants.

Le vieil homme a ouvert la marche. On l'a suivi à la queue leu leu et on est descendus vers le sas.

— Pas de bruit, surtout, a-t-il murmuré.

Il y avait quelque chose de mystérieux dans ses gestes. Il a ouvert la porte rouge, a fait quelques pas dans la pièce et s'est écarté pour nous laisser voir.

C'était fabuleux! Charlie et Adèle étaient couchés par terre, sur le dos, les bras tendus au milieu des Éphémères éternelles. Ils regardaient le ciel de la voûte, entièrement recouvert de plans de villes. Dans cette position, ils avaient l'impression de voler.

Jean-Philippe et Dominique étaient très émus. Plus personne ne parlait. Ma mère a essuyé une larme et le capitaine a proposé:

— Ils sont bien, ici. Si vous avez autre chose à faire, je vais m'occuper d'eux.

Ils ont tous les deux regardé leur montre. Il y avait dans la mallette tout ce qu'il fallait pour leur rencontre. Et mieux encore, ils n'étaient pas en retard.

— Vous êtes très gentil. On vous les laisse, a dit ma mère. Et Caroline aussi. Comme ça, elle pourra les surveiller.

Le capitaine les a reconduits jusqu'à leur voiture. Charlie et Adèle ne s'étaient aperçus de rien. Ils avaient tellement de plaisir ensemble. Alors je me suis étendue tout près d'eux, au milieu des Éphémères

éternelles. Et j'ai fait un vol plané, moi aussi, au-dessus de cette ville imaginaire.

Table des matières